L'ITALIANITÀ NELLA LINGUA ETRUSCA

ELIA LATTES

Trascorsero appena tre anni, dacchè il valentissimo professore Edoardo Brizio, coll'autorità che gli procurano i molti servigi felicemente resi sull'archeologia italica, informava i lettori dell'Antologia (1892) intorno al problema delle origini etrusche; e già ci pare, per fortuna d'insperate scoverte, passato un grande spazio di tempo, e prossima, eziandio in tale rispetto, al soddisfacimento, poco fa creduto ben lontano, l'attesa di cento e cento generazioni di dotti: sicchè torni omai lecito profetare serbata alla fine del nostro glorioso secolo anche la soluzione di quel pauroso enimma, così importante anzitutto per la storia dell'antica Italia. Il miracolo si deve in gran parte alle fasce di una tarda e dimenticata mummia muliebre, e alla dotta, infaticabile diligenza dell'egittologo viennese J. Krall, il cui paziente acume seppe da quegl' involucri dilacerati ricuperare ben 231 linee, etrusche d'alfabeto e di lingua.

Che fossero etrusche, avremmo potuto risaperlo, come sembra, assai prima. La mummia era stata comperata in Egitto nel 1848-49 da Michele Baric', ufficiale di concetto pensionato della Corte viennese, e raccoglitore ad ore perse di quadri, vasi e anticaglie; la ereditò da lui nel 1853 il fratello Elia, vicediacono della diocesi di Diakovar, e la donò al nascente museo di Agram; dove separatamente, e la mummia, e le bende che ricoprironla un tempo, si riposero in due distinte custodie di vetro. Ivi le vide e svolse e studiò il Brugsch nel 1867 o 1868; e avverti pel primo «con sua grandissima sorpresa» come fossero coperte di una scrittura enimmatica, che sospettò «persino etiopica», senza disconoscere, pare, tuttavia che alcuni elementi mostravano figura «greco-europea.» Il Brugsch nel 1872 chiamò sul «tesoro nascosto» l'attenzione della Società orientale alemanna; inoltre, incontratosi per viaggio con R. F. Burton, morto console inglese a Trieste, gli narrò il caso, che a costui appunto riuscì di molto interesse, perchè tutto inteso a rannodare, secondo una sua immaginazione, le nordiche rune con certe scritte arabiche, segrete, sopra foglie di palma. Ne conseguì, che nel 1879, fra i documenti di quella teorica, pubblicò il Burton parecchi facsimili delle misteriose combinazioni grafiche di Agram; e sta il fatto, poco lusinghiero per la scienza moderna, che nè da essi, nè da altro facsimile fotografico divulgato, dieci anni dopo, col catalogo del museo, nessuno cavò nulla; quantunque l'ultimo contenesse le parole: Aiseras e hilar, note da un pezzo agli etruscologi. Sta però insieme, che come il Burton conchiuse conghietturando trattarsi di cosa arabica o nabatea, così ad Agram chi parlava di «caratteri finora indecifrati, unico esempio di un ignoto alfabeto egizio,» e chi «di caratteri greci misti a ieratici.» D'altronde, come mai sarebbesi sperato soccorso al futuro Edipo etrusco dal paese della Sfinge?

Tanto maggiore apparisce pertanto il merito del Krall; il quale impetrato nel 1891 l'invio a Vienna delle fasce monumentali, vi si affaticò intorno «per oltre un anno, senzachè l'inestricabile loro aspetto e la scrittura fortemente svanita lo scoraggissero,» colla giusta preparazione e colla calma spregiudicata del filologo di buona scuola: sicchè, dopo non molto, mentre attendevasi di trovare «un testo libico, o cario, od anche paleocopto,» riconobbe che dei caratteri dava ragione, fra tutti gli alfabeti, soltanto l'etrusco, e che doveva probabilmente essere etrusca la lingua d'un documento, dove, fra l'altro, occorrevano le parole: eslem zathrumis, usate in un epitafio di Bomarzo per indicare l'età del defunto. Messo così il Krall sull'avviso, gli crebbero sottomano le prove, per le quali diventò certo il probabile; nè tardarono le riprove, che insieme dimostrarono il certo essere anche pienamente genuino. Sin da principio infatti, lo scopritore prudente, meravigliato egli stesso della singolare trovata, erasi chiesto se per avventura non gli stesse davanti l'opera d'un falsario. Ora accadde che, mentre ogni dubbio in tale riguardo gli veniva escluso dalla condizione della Mummia, e dalla qualità sì della tela e sì dell' inchiostro, chi scrive queste pagine, avuta liberalmente antecipata comunicazione del cimelio per anco inedito, potè avvertire e annunciare, come si contenessero in quelle parole e frasi incontrate fino allora soltanto nel piombo di Magliano; e però a tutti sconosciute fino al 1884, quando questo si rinvenne, laddove le fasce studiò il Brugsch nel 1867 e pubblicò in parte il Burton nel 1879. Ancora chi scrive ebbe poi la doppia fortuna, sia di trovare nell'iscrizione maggiore di Novilara, a tutti ignota fino al 1893, declinata una voce etrusca (kalatnenis) di cui nessuno sapeva prima delle fasce (calatnam); sia di notare, nella medesima occasione, come l'epigrafe reto-etrusca della situla tridentina offrisse, in parte declinata, in parte coniugata (vinutalina trinache) una frase caratteristica, tre volte ripetuta in quelle (vinum trinum o vinm trin).

Furono undici le bende che la Mummia di Agram restituì coperte di scrittura, insieme ad una moltitudine di altre alquanto diverse — sottostanti, conghiettura il Krall, alle scritte — e prive affatto di segni grafici. Le scritte, da lui ingegnosamente con molta fatica ordinate, secondochè minuti criteri estrinseci e intrinseci indicarono, formano parte di un pannolino rettangolare, diviso in dodici colonne, distinte da linee rosse a destra e a sinistra. Il testo. spesso lacunoso, ma abbastanza continuo, si presenta spezzato in sezioni, separate da spazi vuoti di uno o più righi, o almeno di mezzo rigo con sovrapposta linea punteggiata; con inchiostro rosso sono scritte anche le cifre, che qua e là s'incontrano. Il resto del pannolino manca; e mancherebbe, giusta il Krall, la terza parte dell'intero libro linteo, a spese del quale si fecero le fasce: un libro, adunque, alla maniera di quelli del tempio di Giunone Moneta in Roma, su' quali stavano scritti i nomi dei magistrati annuali, secondo narra Livio sulla fede di Licinio Macro; e altresì alla maniera di certi rituali sacri dei Sanniti e degli Anagnini.

E un rituale appunto pei sacrifizi conghietturò il Krall subito, non infelicemente, potersi tenere eziandio il libro nostro, sì per la frequente ricorrenza delle stesse formole, sì perchè di frequente vi si menzionano note deità. Scritto forse fra il 250 e il 150 av. C., benchè composto assai prima, forse per mero caso gl'imbalsamatori egizi, trovatisi in qualche modo a possederlo, se ne servirono, come di materia fuori d'uso, per coprire ed involgere, secondochè noi sogliamo coi vecchi giornali: più probabilmente però, un etrusco, dimorante in Egitto, avendo voluto procurare alla moglie sepoltura conforme alle pratiche del paese adottivo, sopra la tela richiesta da quelle, pose, a ricordare la patria, le bende scritte giusta il costume di questa; ed anzi, conforme ad esso, le lacerò senza misericordia, sicchè di proposito le lettere di un rigo rimasero dimezzate fra due bende; e può anche immaginarsi, che la donna abbia in vita esercitate funzioni sacerdotali, e adoperato il libro appunto che avvolsela in morte. Certo è che la presenza di gente etrusca in Egitto non sorprende chi ricordi, come subito a me ricordò il nostro Brizio, essersi intorno al 1885 trovato colà uno specchio etrusco, e chi richiami insieme la grotta d'Iside a Vulci, e gli oggetti egizi per es. di Cere e Monteroni, senza dire dei Tursha di Karnak, Medinet Abu e Medinet Gurob ne' monumenti dei secoli XIII e XII av. C., e dai più fra gli egittologi e storici omai tenuti identici coi Tirreni o Tirseni-Etruschi. Nè meglio sorprende che siffatta gente abbia potuto preferire la sepoltura egizia all'etrusca: tutti sanno invero come la religione degli antichi nostri non sia stata punto esclusiva, e come siansi essi sempre studiati di accettare dagli stranieri le deità e i riti loro propri; tutti sanno inoltre, come appunto gli usi funebri abbiano mutato coi tempi, e mutino pure oggidì, non solamente in una medesima città e in uno stesso popolo, ma sì ancora nella stessa famiglia, conforme alle necessità sociali ed economiche del momento, oltrechè alle dottrine teologiche filosofiche e igieniche prevalenti.

II.

Ed ora, passati due anni, sappiamo noi che dicano in realtà codeste fasce? e fu veramente la loro scoperta avvenimento grande e decisivo per la questione dell'italianità etrusca? Chi al principio del secolo avesse dovuto dar pegno, se prima si sarebbero comprese le scritture geroglifiche e cuneiformi, o le etrusche, certo l'avrebbe dato per queste, che già almeno su per giù si leggevano, perchè d'alfabeto quasi uguale all'antico latino, all'umbro, all'osco e al greco antico, laddove pur l'alfabeto era in quelle supremamente enimmatico. Ebbene! oggidì quelle si leggono e, per opinione di tutti, in molta parte s'intendono; le etrusche all'incontro si leggono bensì alquanto meglio, ma si disputa se s'intendano, e, per opinione dei più, specie d'oltr'Alpe, non s'intendono punto. Nè può far meraviglia: invero, prima della Mummia, i testi etruschi a noi pervenuti stavano bensì fra sei e settemila, ma di gran lunga i più o contenevano soltanto nomi propri, od erano di brevità disperante; facevano eccezione soltanto il cippo di Perugia con 24 linee e 22 semilinee e circa 130 parole, il piombo di Magliano con una settantina di queste, l'epitafio cornetano di Laris Pulena con nove linee, e pochi altri minori. Come mai pertanto, chi presumeva comprenderne alcun che, avrebbe potuto dimostrarlo con metodo rigoroso? come mai cavare da così fastosa miseria la grammatica e il dizionario di una lingua sconosciuta? come mai raccogliervi quei luminosi parallelismi, coll'aiuto dei quali la conghiettura suggerita da un luogo risulta provata da più altri? Ed ecco tutto ciò diventar possibile d'un tratto mercè del Krall e delle 231 linee con 1200 parole da lui regalate agli etruscologi; ed ecco perchè torni per questi la sua fatica di straordinaria importanza, e segni nella loro disciplina una nuova era.

All'opera si pose infatti senz'indugio, delle due scuole armeggianti, specie da vent'anni, nel campo etruscologico, quella colla quale io sto: e parvele senza più confermata dal nuovo testo la sua dottrina: che cioè l'etrusco fu lingua in tutto, o sopratutto, italica, e che i suoi monumenti letterari coll'aiuto del latino, dell'umbro, dell'osco e talvolta del greco, e a quando a quando eziandio delle altre favelle ariane, si possono omai dal più al meno, con discrezione, interpretare. Concentrata quindi sulla Mummia la poca luce di tutti i documenti prima conosciuti, e riverberato su questi il fascio luminoso del faro egiziano, raccogliemmo a piene mani esempi novelli di nominativi, accusativi, ablativi, locativi, genitivi, singolari e plurali, prettamente italici, identici, co' già avvertiti o solo diversi per giusti e facili mutamenti fonetici; raccogliemmo nuovi esempi di perfetto attivo alla terza persona del singolare, accompagnati dall'accusativo in -m che ne dipende, anch'essi

7

rispettivamente identici o poco diversi; trovammo più esempi della terza plurale -sa prima ignota, perchè confusa fra le forme nominali, sicchè non pochi testi, già inesplicati, divennero chiari; incontrammo anche nelle fasce alquante parole schiette latine od umbre od osche, e molte più che, spiegate col soccorso di questi idiomi, davano al contesto senso plausibile; e proponemmo l'interpretazione di più frasi e linee, e finalmente di tutta intera l'ultima colonna a saggio del resto, che verrà poi. Insieme ci accadde avvertire, come tutte le linee della Mummia fossero versi, verisimilmente saturnii o di tipo saturnio; e fatta ragione delle molte incognite, che ancora avanzano, e ristudiate e confutate ad una ad una le antiche obiezioni pregiudiziali contro il metodo da noi adoperato e gli ottenuti risultamenti, concludemmo potersi con probabilità definire il contenuto del cimelio: un racconto verseggiato degli atti sacri celebrati, pel novilunio del mese Giovio nell'anno quinto o lustrale, da un sodalizio funerario di gente umile e spuria, nelle are e statue e tempietti dei numerati sepolcri, onde componevasi il suo assai vasto sepolcreto.

A tutto ciò la scuola avversaria non contrappose nè fatti, nè ragioni nuove; ma s'accontentò di proclamar prima che la Mummia dimostrava, con evidenza insuperabile, essere stato, secondo suona la sua dottrina, l'etrusco idioma dissimile da ogni altro antico o moderno, e che da quella pertanto ricevevano i fautori dell'italianità «il colpo mortale»; appresso, veduto che costoro mostravansi più vivi che mai, affermò illusorie le congruenze etrusco-italiche e le connesse interpretazioni; da ultimo sentenziò, che la persuasione dell'italianità, o come usa dire, il corssenianismo, era tanto quanto una malattia mentale, sicchè vano tornava discutere con chi, per sua malora, n'andasse affetto.

Sgraziatamente per noi, secondo già si accennò, inchinano tuttodì verso gli oppositori i più fra' filologi e storici, specie transalpini. E ciò per due motivi principalmente. Il primo è l'insuccesso fatale, onde si tocca più avanti, del Corssen, l'uomo che parve giustamente il più preparato a combattere la battaglia dell'italianità: insuccesso, che rese perciò acerbamente scettici gli studiosi serii contro chiunque presuma ricalcarne le orme e vincere la partita da lui perduta. Il secondo sta nell'indiscutibile valore da molti fra gli avversari dimostrato in territori contigui all'etrusco: valore, che ben ci guarderemo dal disconoscere noi, i quali da' loro libri, massime di quei dominii, tanto imparammo e impariamo. Sebbene adunque non ci manchi pure oltr'Alpe qualche caldo e valorosissimo alleato, e numerosi amici e patroni, fra caldi e tepidi, ci confortino in patria, ben potrebbe per ora giudicarsi ostinazione dissennata la pertinacia nostra, se buoni argomenti non rendessero tuttavia probabile, stare pur questa volta la verità dalla parte dei meno, destinati verisimilmente a diventar moltitudine in breve giro di tempo.

Anzitutto più volte, in questi anni, ora precorremmo agli oppositori, ora concorremmo con essoloro, nell' avvertire e documentare nuovi fatti: così, per esempio, quanto alla rappresentazione del suono F mediante la formola grafica VH, e all'esistenza del Q nelle più antiche iscrizioni etrusche. Ora, entrambi codesti fatti s'incontrano, ognun sa, eziandio nelle latine; e però due notevoli differenze, sino a poco ammesse fra le due lingue, si mutano in anelli preziosi che le rannodano, e provano esser buono, almeno in parte, anche a mente della scuola contraria, il nostro metodo, e la fede nell'italianità etrusca non averci resi per anco in ogni riguardo mentecatti.

Più volte inoltre di questi anni dovettero gli oppositori abbandonare opinioni da essi giurate ed rigiurate, per adottare le nostre. Così, per esempio, accettano essi omai che le voci etrusche suthi e ma non siano verbi e non significhino: «egli è,» sibbene ma un pronome, e suthi un nome per dire «sepolcro» (lat. sedes, celt. suide) accettano essi omai parimenti, per esempio, la piena sincerità del piombo di Magliano, con tanto sforzo da loro contr'a noi impugnata, primachè le Fasce risorgessero a rivendicarla, come confessano, con meridiana evidenza; e però qui ancora insieme confessano che, se in siffatte occasioni mentecatto vi fu, non fu sicuramente nel nostro drappello.

Agli oppositori nostri accadde altresì negli ultimi vent'anni di passare spontaneamente dall'una opinione all'opposta; e così, per esempio, accadde che nel 1881 il Pauli ci ammonisse, non doversi trarre alcuna deduzione a favor nostro da ciò che i due «più etruschi ed originari fra' prenomi etruschi,» cioè Arnth e Larth, «si appalesano senz'alcun dubbio per indogermanici», e nel 1866 dichiarasse di «non credere ora più affatto all'origine indogermanica di Arnth e Larth.»

III

V'ha poi il capitolo spiacevolissimo delle omissioni così frequenti negli scritti etruscologici dei nostri avversari: le quali giungono sì oltre, che, per esempio, il Pauli parla a lungo nel suo ultimo libro, dei Tirreni e dei Pelasgi, senza ricordar mai Edoardo Meyer, oggigiorno la prima autorità, per comune consenso, in siffatta materia: e vi approva l'arianità dei Liguri, senz'accennare niente meno che all'ampia difesa da ultimo fattane, contro le sue precedenti opinioni, dal Müllenhoff. Similmente il Pauli, a proposito del già menzionato etr. VH per F, non solo tace del nostro così onorevole incontro, ed anzi della nostra priorità, ma conserva un suo enimmatico vhelequ, e omette notare come si fosse da tempo mostrato, e poco prima ripetuto, trattarsi di stavhel equ per stafel eku o ecu, ossia lat. stabilis eqo o eco, pel posteriore e normale ego. Inoltre nella stessa occasione omette il Pauli di aggiungere ai nostri comuni esemplari pel Q etrusco, quello assai importante, e già a tale proposito da noi raccolto, di Cenqunas allato a Cencunia. Ancora il Pauli ebbe testè a ripetere che gli Etruschi, unici in Italia e fuori, aggiunsero in fine alle parole un -m congiuntivo alla maniera del lat. que: ora, non solo omette egli di accennare ai fatti replicatamente allegati contro quella immaginaria particola, ma studia appena due delle 44 nuove voci in -m offerte dalla Mummia; e delle due, una (cisum) confessa di non intendere affatto, senza toccare tuttavia della dichiarazione da noi proposta, sicura, direi, nella sua evidenza, come si mostra qui appresso: dell'altra poi (marem) dà incompleta la spiegazione da noi porta due anni prima, e ripetuta un anno dopo, omettendo, per involontaria dimenticanza sicuramente, di accennarvi. Il medesimo valentuomo afferma «ignoto affatto presso gli Etruschi, salvochè in alcune iscrizioni tarde romaneggianti,» l'uso di raddoppiare le consonanti, e fa «pesar ciò il più gravemente sulla bilancia» per separare le origini dell'alfabeto veneto dall'etrusco: ora egli stesso riferì altrove due volte, come onninamente arcaica, una etrusca epigrafe, nella quale si danno ben tre esempi di quel fenomeno, che noi da tempo documentammo coll'aiuto di siffatto testo e insieme d'altro della stessa provenienza ed età . Persino poi nella nuova egregia raccolta delle iscrizioni etrusche, come, per esempio, non si profitta per le lamine di Volterra delle acute lezioni del Bugge, così, per esempio, si ripete l'errata lezione akiltus, corretta poi, a proposito di Lenno, in akil-tus, conforme il Deeke da un pezzo insegnò, senza che, certo involontariamente, per disgrazia ciò si ricordi.

Singolare esempio di omissione, fra molti, offre in questi giorni altresì lo Skutsch, insieme col Pauli, a proposito del numerale etr. thu. Entrambi i dotti uomini si affaticano a render probabile, per via d'indirette combinazioni, che quella voce, tanto simile esteriormente al «due» di tutte le genti ariane, significhi non già «due,» ma «tre»: e non dicono verbo dei numerosi fatti materiali accumulati dal Bugge, dal Deecke e da me per dimostrare, in via diretta, che essa disse precisamente «due,» come sin dalla scoperta dei dadi di Toscanella tra noi si opinò; e non accennano pur di lontano alle riprove date di ciò dalla Mummia. Dei fatti si tocca più avanti: qui di corsa indicherò le riprove. Primieramente, quattro volte si legge nelle Fasce: Ais Cemno-c o Cemna-ch; e si legge su di una statuetta: Aiseras Thufithicla. Ora, che Ais e Aiseras abbiano relazione, torna manifesto; che poi significhino circa «dio» o «dea», da tutti si ammette per molti documenti antichi e moderni: torna quindi probabile, che abbiano fra loro alcuna relazione anche Cemna e Thufithicla, e che n'abbiano alcuna altresì con «dio» o «dea». E per verità, reso questo alla lettera latinamente, giusta le regole della trascrizione etrusco-latina, diventa a un di presso: «duplitticula,» ossia «doppiettina»; reso poi similmente l'altro, diventa: Gemna, che, nel dialetto latino di Preneste, si disse per gemina, ossia precisamente «doppia»; che poi «gemella» o «doppiettina» possa essersi detta nell'antica Italia una deità, lo mostrano Giano Gemino o «bifronte» e la sterminata moltitudine dei diminutivi sacrali, alla maniera degli odierni «Madonnina Servatoriello» e simili. Dunque, allato al numerale thu, ebbero gli Etruschi il derivato thu-flo-, come Latini ed Umbri accanto a duo possedettero du-plo-; e però si conferma che l'etr. thu e il lat. duo vanno insieme. — Secondo, più volte nella Mummia e fuori incontriamo etr. thui e thi o thii o thei; e col minuto raffronto dei contesti s'impara oggi da quella, che sono voci numerali, e che quindi voglionsi rannodare a thu: ora l'etr. thui e thi o thii o thei stanno a thu come il lat. duis- e dis- o di- a duo. — Terzo: nella Mummia e fuori, insieme con thi, abbiamo anche thil; così in latino insieme con dis- o di abbiamo Duilius e duellum. — Quarto: nella Mummia e fuori occorrono anche thun thuna thune thuni; così in latino duonus, che diventò poi bonus, al modo che duellus si mutò poi in bellus, il nostro «bello.» Ma qui s'aggiunge, a riprova ulteriore, che le fasce ci danno insieme ara thuni e ara thui e thui aras (Lenno, arai tiz), ossia quindi circa: «ara doppia;» ora le aræ gemninæ furono di rito, ognun sa, nel funerale latino. Forse a torto però negai io testè che a niente di ciò pur lo Skutsch accenni; forse cioè vi allude egli, quando protesta di reputar «lecito lasciare senza confutazione» le nostre «orgie corsseniane».

Non meno singolare esempio di omissione porgono gli avversari, quando insistono nel porre a catafascio le più balorde interpretazioni etimologiche, per esempio, del cippo di Perugia o della pietra di Lenno colle più ragionevoli, per argomentare, «in nome della scienza», dalla discrepanza dei risultati contro l'utilità e la proprietà del metodo stesso, in quanto si applichi ai testi etruschi. Primieramente, fra le interpretazioni in ugual grado condannate, omettono di rilevare come non appartengano ai nostri quelle che da loro si giudicano «onninamente assurde», o «sbalorditive:» il che prova come, anche a loro giudizio, ed eziandio nel campo etrusco, lo stesso metodo diversamente adoperato dia frutti ora pessimi, ora, al più, non buoni; e per verità cogli autori delle dichiarazioni «assurde» o «sbalorditive», mai non accadde che gli oppositori s'incontrassero in qualche particolare di fatto, nè mai avvenne che ne adottassero alcuna opinione invece delle proprie, laddove, secondo si dimostrò qui sopra, d'ambo le cose potemmo noi più volte compiacerci. — Secondo: omettono essi di ricordare come, per esempio, dell'epigrafe latina del Quirinale e del carme latino degli Arvali siansi date e si diano versioni affatto disparate; sicchè, se tanto sapessimo e possedessimo di latino, quanto d'etrusco, ben potrebbe taluno argomentarne del pari contro il metodo degli interpreti e la qualità della lingua, con quella giustizia e verità, che ciascuno vede. — Terzo: omettono di avvertire come le nostre interpretazioni segnino un progresso continuo l'una rimpetto all'altra; e sempre le posteriori mantengano qualche parte delle precedenti e s'adoperino a migliorarle, come accade nei più difficili testi latini e umbri e oschi, e di qualsiasi favella ed età. — Quarto:accadde che avendo noi, per esempio, interpretata la voce etruscolemnia e-vis-tho con «domiciliato» (letter. quasi un lat. «in-ves-tu-s»), il Pauli non solamente sentenziasse essere siffatta dichiarazione «insostenibile,» ma si rifiutasse di giustificare simile giudizio, per trattarsi di proposta «appena campata in aria e avventurata all'azzardo»: ora la verità è, che di ciascuna delle tre parti di detta voce, eransi da noi date naturalmente le prove, attinte al confronto con altri testi etruschi o paleoitalici; le quali ripetemmo poi diffusamente, riempiendone ben dieci fitte pagine, per la speranza che il valente contradditore riconosca un giorno, com'egli avesse prima omesso di accorgersene. — Accadde similmente, che avendo noi confermato potersi l'etr. achnaz mandare, sino a prova contraria, col lat. agnatus, replicassero gli avversari mal pretendersi la prova contraria da chi prima non avesse dato la prova diretta; or questa si legge minutamente documentata nella pagina medesima dove si parla d'achnaz. Ed era nientemeno che la seguente: ci danno le Fasce acnesem ipa[m], e conosciamo da tempo suthi achnaz e clel acnina; ora suthi tutti consentono, come già si notò, significare «sepolcro»; ipa (gr. ibe) dai più si ammette significare «olla sepolcrale»; quanto a c[e]lel buone ragioni e riscontri persuadono a ravvisarvi il lat. cellula, ossia la «cella sepolcrale», leggendosi, a tacer d'altri fatti, cela sì in fronte di sepolcro etrusco, sì in più epitaffi falisci: abbiamo pertanto le tre parole etrusche acnesem acnina achnaz, manifestamente fra loro connesse, in compagnia tutte tre di parole quasi sinonime, e tali che a tutte tre egregiamente conviene la relazione col lat. agnatus, giacchè egregiamente, e del sepolcro, e della cella sepolcrale, e dell'olla sepolcrale, potè dirsi che fossero «agnatizie». — Che più? Mentre noi, secondo già si mostrò d'occasione e appresso con particolari esempi si rimostra, fra le molteplici etimologie suggerite dall'estrinseca somiglianza con questa voce italica, preferiamo la più conveniente al senso di tutt'i contesti e alla grammatica, avviene che gli avversari ci chiedano ironicamente perchè mai non siasene da noi prescelta una affatto diversa e del tutto sconveniente. Così, per esempio, avendo noi conghietturato che lo simlcha della Mummia andasse col lat. simul e valesse «compagnia», ci chiesero perchè non ricorrevano piuttosto a simia: ora, a simlcha precede sethumna-ti, che dietro l'analogia dell'etr. Nethuns pel lat. Neptunus, traduciamo: in septuma; sicchè insieme sethuma-ti simlcha ci dà molto sensatamente: «nella settima compagnia», cioè del sodalizio funerario, onde si tratta; per contro, che senso avrebbe mai la frase: «nella settima scimmia», sel sapranno forse i nostri critici; noi l'ignoriamo di certo, o, trattandosi di materia scimiesca, almeno lo dimenticammo.

Dopo di che concederà facilmente il discreto lettore, che mentre gli avversari si tengono, bontà loro, pienamente sicuri della insanabile demenza e cecità nostra, possa in noi sorgere talora alcun dubbio intorno alla misura della loro competenza ed alla serietà dei loro giudizi. E il dubbio si avvalora, quando badiamo alla frequenza delle così dette emendazioni, mercè delle quali riducono alla misura della presente ignoranza i testi più difficili. Così, per esempio il misterioso thisu d'un epitafio cornetano erasi mutato in eclthi-su[thi]: ed ecco risorgere di terra la stele di Novilara e darci chiarissimo tisu. Similmente erasi in molti modi tormentato un ignoto hectam: ed ecco la Mummia mostrarci hechz he[c]tum accoppiati insieme. A questi fa altrove riscontro sva[l]n svalce e ridà il lat. vitam vixit: ma non serve per gli oppositori, che perseverano a cambiare l'unico svan nel comunissimo clan, e ne argomentano l'incuria del lapicida, e se ne prevalgono per «emendare» eziandio nello stesso documento ceptaphe locu, ossia il lat. cepotaphium [et] locum o lucum, in cepen tenu e lupu, o cepen phelucu o cepen tenuce, senza cavarne alcun preciso senso, anche mandando a spasso, se bisognava, l'incomodo phe; al quale, forse perchè non viaggiasse da solo, si diede poi la compagnia del pe, parimenti incomodo, della dea Meanpe. Incontratosi, vale a dire, in questa il benemeritissimo continuatore del Gerhard su di uno specchio, e riconosciutavi la solita Mean o Meani — una maniera di Venere Libitina o Mania o, come usavano dire anche i Falisci, Meania — non seppe che fare del -pe o lo attribuì a stranezza etrusca. Ora, fra i piedi della dea vedesi un «pesce»: e però, ricordato che gli Etruschi dissero Selvan per Silvano, come noi «selva» pel lat. silva, e che una gente latina o latino-etrusca si addimandò dei Pescennii; ricordato che Venere «buona» (lat. manis Mania) fu adorata dai pescatori di Plauto, e che Venere pescatrice dieci volte si presenta negli affreschi pompeiani; ricordato infine che su di un cippo arcaico di Pesaro s'ha Juno Re per «Giunone Re[gina]», sembra verisimile che Meanpe debbasi all'incirca integrare in Mean-pe[scatric], cioè appunto «Venere pescatrice».

Non è pertanto dissennata ostinazione che ci persuade a continuare il solco, sul quale insistiamo da un quarto di secolo. Le nostre dichiarazioni formano ormai una lunga catena di anelli similari, che l'un l'altro si rinsaldano e sostengono: e le nostre interpretazioni riescono sempre a questo, che le scritture, tutte più o meno sepolcrali di un popolo famoso per la pietà verso i defunti e le superstizioni verso gli dêi, parlano appunto solamente degli dêi, dei morti e dei sepolcri, con una infinita ricchezza di nomi, di aggettivi, di verbi, che a noi, lontani ignorantissimi posteri, appaiono più o meno sinonimi. Noi guardiamo dunque con modesta fiducia all'avvenire, bene augurando di questo eziandio dalla storia, cui ora veniamo del nostro passato. Che se parve al Pauli «essere l'opinione dei dotti italiani essenzialmente determinata da repugnanza ad ammettere un elemento straniero nella odierna compagine della loro nazione», ricorderemo noi, a tacer d'altro, che con pari fondamento il D'Arbois de Jubainville afferma essere i «savants allemands» fautori della nordica origine degli Etruschi «égarés par des patriotiques illusions.»

IV

Centoventott'anni or sono, Giovanni Battista Passeri affermò nei Parolipomeni all'Etruria regale del Dempstero (Lucca, 1747), intercedere fra l'etrusco e il latino soltanto una «variam indolem dialecti»; lo affermò perchè riconobbe che i nomi propri etruschi in -al ben si dichiaravano come le voci latine di uguale uscita, e che gli Etruschi usarono esprimere la parentela materna ora con esso -al (per esempio Vipial ossia «Vibialis» per dire «figlio di una Vipi ossia «Vibia»), ora con genitivi e ablativi di foggia onninamente latina; lo affermò, sconfessando l'opinione della derivazione dall'ebraico, anche da lui adottata un quarto di secolo innanzi nelle Lettere Roncaliesi (1740-42), conforme alla persuasione dei più in que' tempi. Già pertanto nell'albore degli studi etruscologici, erasi avuto fra noi esempio simile a quello offerto a' dì nostri dalla famosa conversione del Deecke; e in ambo i casi la dottrina da cui s'intitolano queste pagine, fu il frutto degli anni più maturi e di una molto maggiore famigliarità coi documenti. Ventidue anni appresso, nel primo scoppiare della rivoluzione di Francia, pubblicava l'abate Luigi Lanzi il suo insigne Saggio di lingua etrusca e di altre antiche d'Italia, e confermava essere stata quella della stessa famiglia che le lingue dei popoli vicini (cioè i Romani, gli Umbri e gli Osci) e dei Greci. Lo seguirono quasi tutti gli studiosi italiani - il Vermiglioli, l'Orioli, il Migliarini, i due Campanari, il Conestabile, il Fabretti, il Gamurrini, il Poggi - con maggiore o minore fermezza, e con maggiore o minore miscela di errori: vale a dire, più o meno ricorrendo per l'interpretazione dei testi etruschi anche a linguaggi di famiglia diversa e in ispecie ai semitici. A questi esclusivamente chiese aiuto fra noi il gesuita Camillo Tarquini, mentre la stessa via batteva in Germania il valentissimo orientalista Gustavo Stickel: ma con sì scarso frutto entrambi, da doversene inferire pur sempre, secondo allora (1860) ebbe a scrivere l'Ascoli nell'Archivio storico del Vieusseux, «che minor disperanza di sollevare il velo che cuopre le misteriose iscrizioni degli Etruschi, dovesse restare a chi, sulle traccie dei Lanzi e dei Vermiglioli, ci si adoperava col mezzo delle favelle greco-latine». — Passati dieci anni, il medesimo maestro insegnava nelle sue Lezioni essere «l'etrusco idioma ariano sicuramente, comechè non investigato a sufficienza». E per vero, di codesta investigazione, che domanda rigore di metodo e varietà copiosa di strumenti, appena in allora erasi pôrto qualche saggio, salutato da' giudici indulgenti come tale, che la sfinge per la prima volta avesse dovuto impallidire. Lo accettò anche il Corssen, sopraggiunto in quella (1874-75) col suo grandioso tentativo: il quale, per la ventenne preparazione del valentuomo, già assai benemerito degli studi paleoitalici, destò fatalmente esagerate speranze; cui tanto meno parvero corrispondere i risultamenti, quanto più le promesse e aspettazioni dell'autore sembravano rincalzarle. Glottogolo massiccio, ma non geniale; buon filologo, ma inesperto nel rischiarare colla face antiquaria i mille tortuosi meandri del pensiero classico, disconobbe il Corssen troppo spesso «l'importance du sens en étymologie et en grammaire» e la «vraisemblance parlant plus haut que les règles de la phonètique» : abbandonò egli così interpretazioni di sicura evidenza, specie quant'ai numerali, solo perchè non gli veniva fatto di giustificarle in modo conforme all'opinione dell'italianità etrusca. Il perchè, quantunque il Corssen molto abbia operato in pro del problema etrusco, molto più avendo egli voluto e presunto di operare, anche il suo insuccesso di molto si esagerò; e gli studiosi dei due mondi ne argomentarono, che omai senza il soccorso di qualche lunghissima bilingue tornasse impossibile scoprire l'arcano, e che quella, se mai sorgesse di terra, mostrerebbe come la parentela etrusco-italica sia stata un sogno di malati vaneggianti.

Contro il Corssen insorse il Deecke, a rivendicare, secondochè allora dicevano, la dignità oltraggiata del sapere alemanno: e prima egli demolì, poi si studiò di rifabbricare, in parte sul fondamento delle trovate italiane, respinte o neglette dal Corssen, specie riguardo ai numerali e all'uso etrusco del -c pel -c o -que dei Latini (per esempio: a-c at-que). Sopratutto mirò tuttavolta il Deecke ad escludere, per via di nuove dichiarazioni, i fatti grammaticali, ch'erano sembrati in sino allora indizio gravissimo per l'italianità dell'etrusco: sicchè, per esempio, mostrando le etrusche epigrafi, oltre a Vipial anche Vipias per dire: «di Vibia», e altresì Vipiesa per dire: «di Vibio», ne dedusse egli che solo in apparenza l'-al del primo e l'-as del secondo coincidessero coll'-al e coll'-as, per esempio, di lat. vectigal e paterfamilias, laddove in realtà il -s etrusco si dovesse reputar nato da -sa, e l'-al, non già fosse il suffisso aggettivale di lat. vectigal vecligalis, ma sì esponente di caso genitivo; e però la congruenza del latino coll'etrusco in questo e simili casi sarebbe mera illusione. Il quale ragionamento sta tanto poco, che potrebbe adoperarsi anche contro l'italianità del latino e dell'italiano per iscompigliarne inutilmente a sproposito la grammatica, se per avventura non più di quegl'idiomi sapessimo che d'etrusco. Invero anche noi diciamo: «mar glaciale» e «mar di ghiaccio», e così dissero i Latini «libri pontificales» i «libri pontificum»: quindi chi d'italiano o di latino poco o nulla intendesse, ben potrebbe pretendere che «glaciale» e «pontificales» siano forme di genitivo, quali «di ghiaccio» e «pontificum».

Avvenne del resto, secondo già si accennò a proposito del nostro Passeri, che il Deecke medesimo - dopo avere per alquanto proseguite (1875-1881) coll'usato plauso siffatte indagini, acquistata rara dimestichezza coi testi etruschi, e studiatine i più sopra luogo, sulla faccia dei monumenti - avvenne, dico, che lo stesso Deecke avvertisse d'essersi posto per una via senz'uscita. Perocchè, dall'un canto, l'interpretazione di que' testi gli apparve impossibile senza l'aiuto dell'etimologia; dall'altro canto, tale la lingua etrusca risultò fino ad oggi, che se si neghi la sua affinità col latino e colle altre italiche e loro cognate indo-europee, nessuna lingua antica o moderna può tenersene seriamente affine; e però il fondamento scientifico delle disquisizioni etimologiche, pronto e saldo in più d'un caso per chi vi creda, manca pure in quello a chi vi repugni. Pertanto nel 1882, il Deecke, preso a due mani il suo coraggio di galantuomo e di scienziato, anteponendo alla stabilità della reputazione i dettami della sua coscienza dottrinale, col quinto volumetto delle Investigazioni etrusche ripose sull'altare l'idolo abbattuto, e annunciò ai compagni attoniti la sua conversione all'italianesimo. — Ma principe fra quelli, nelle battaglie contro gl'insegnamenti corsseniani, era stato al Deecke il Pauli, che di lui diceva in allora le parole omeriche: «Onoriamo l'uomo pari al divo Ettore»; or nel Pauli la persuasione che quegl'insegnamenti fossero errati, non s'era mutata d'un punto; sicchè quando l'amico e maestro voltò casacca, egli fieramente rassettò la sua.

Infrattanto metteva a rumore il campo etruscologico la scoperta del piombo di Magliano, pubblicato dal Teza, e ripubblicato ora felicemente con lezione migliore dal Milani: ed ecco il Deecke afferrar pel capo il nuovo parto della sfinge, e proporne subito l'interpretazione e il commento, conforme alle analogie offerte dalla grammatica e dal lessico latino, umbro ed osco; ed ecco per contro gli oppositori, prima fisimare intorno alla sincerità del monumento; eccoli poi rifiutare tutte le più geniali conghietture e spiegazioni del Deecke, e confonderne il grano schiettissimo col loglio, che inevitabilmente, come sempre suole in simili tentativi, eravisi commescolato; eccoli infine parodiare l'interpretazione deeckiana con altra affatto diversa, benchè tirata sulla medesima falsariga, come prova manifesta della fondamentale incertezza del metodo da lui adoperato per conseguirla: tale metodo, pretendono gli avversari, da condurre, secondo il capriccio dell'operatore, ai risultamenti più disparati. Laddove la verità è questa, che l'offerta parodia, corretta in punto a grammatica, non torna guari probabile riguardo al senso del contesto, e in ogni caso apparisce per tale rispetto infinitamente inferiore al tentativo del Deecke: senza dire ch'essa poi neglige, coll'audacia di chi scherza, persino gl'indizi estrinseci della scrittura e dell'interpunzione, ch'erano stati, e sempre saranno, il fondamento di chi fece e fa da senno.

Al piombo di Magliano seguirono la pietra di Lenno, le fasce di Agram e la stela di Novilara: e sempre e costantemente, se qualche costrutto si trasse da sì cospicui trovamenti, e se, cioè, più o meno s'intese il senso dei nuovi testi, il merito ne spettò alla parte nostra; dovechè gli oppositori o mal riuscirono, o non riuscirono affatto, o nemmeno si provarono. L'antica obiezione contro di noi, che se l'etrusco fosse lingua italica, dovrebbero potersene comprendere i documenti, almeno nella misura dei latini più antichi e controversi, e de' pii difficili umbri e osti: quella obiezione, dico, si squaglia, oggi, come neve al sole, e la disputa verte omai fra chi più o meno traduce i testi etruschi tutti, e viene faticosamente abbozzando la grammatica e il dizionario del perduto idioma, e chi sta contento a predicare che «già l'etrusca lingua è un mistero», e si tura le orecchie per udir meglio, e chiude gli occhi per meglio vedere. Non li chiude però il Thurneysen, sebbene a noi pur troppo recisamente contrario, quando riconosce che il metodo del Pauli «presta il fianco a molte critiche», e che «nessun progresso importante, e nessun principio e fondamento di vera interpretazione» arrecò l'opera sua agli epitafi di Lenno.

V

La dottrina dell'italianità etrusca ha due faccie, che, a torto, dai più si confondono: una riguarda l'originaria arianità e italianità dell'etrusco; l'altra, gli elementi italici, che possiamo già di presente riconoscere ne' testi etruschi. Quanto al primo punto trattasi per ora, a mente nostra, soltanto di una ben fondata opinione personale, di cui si reputa verosimile che l'avvenire dimostri la verità; quanto al secondo punto, trattasi per contro del fatto incontestabile, a nostro avviso, che tali e tanti sono omai gli elementi italici offerti da' monumenti dell'etrusca favella da meritare ed esigere che in ciascuno di quelli, essi anzitutto si ricerchino e si esplorino con metodo rigoroso, per argomentarne la natura dei rimanenti ancora ignoti, e il senso probabile dell'intero documento.

Consideriamo adunque anzitutto le ragioni che stanno a favore dell'originaria italianità della lingua etrusca. La prima fra le quali è data dai nomi propri di persona ricordati nei 7000 epitafi etruschi e nei 3000 latini dell'Etruria; nomi propri per la maggior parte identici a quelli degli altri popoli italici più vicini; e tanto e così manifestamente identici, che da questi appunto affermano gli oppositori avergli dovuti imparare gli Etruschi. Ma in nessun tempo e luogo accadde mai alcun che di simile; nessun popolo, non che, come gli Etruschi, vincitore e più ricco e culto de' suoi soggetti, ma nemmeno vinto e povero e inculto, gettò mai all'aria la più intima e nazionale delle sue proprietà per adottare l'altrui: non v'ha infatti, per esempio, provincia dell'Impero Romano, i cui nomi propri non attestino la diversa nazionalità degl'indigeni e dei dominatori; e nell'Italia stessa, i Liguri, i Galli della Lombardia e del Piemonte, gli Euganeo-Veneti, i Messapi, conservarono in grande copia nomi propri inauditi fra' Latini, gli Umbri e gli Osci, laddove fra questi non è quasi nome o prenome o cognome etrusco, che non trovi riscontro. Nè poi solamente concordano i particolari nomi propri, sibbene l'ordine e modo delle combinazioni onomastiche etrusche combacia sopratutto coll'ordine e modo delle latine; cosicchè, per esempio, come nel Lazio «M. Tullius Cicero», così in Etruria «C. Alfni Nuvi, Lth. Seiante Trepu»: congruenza tanto più notevole, in quanto che non mancano fra le numerosissime somiglianze alcune singolarità del tutto etrusche, precipua delle quali l'indicazione della parentela materna per via del ricordato matronimico in -al. Ora, come mai quel popolo che sì gelosamente, sino ancora nel primo secolo dell'Impero, anche scrivendo latino (per esempio: «Creonia natus, Thoceronia natus»), conservò un uso onomastico che a' Romani dovè sembrare ridicolo, non avrebbe con altrettanta gelosia conservato i suoi nazionali originari nomi propri? E perchè mai questo santo ricordo dell'antica patria avrebb'egli sacrificato alla nuova, nella quale avrebbe per contro tenacemente conservata, quanto al resto, la sua propria lingua, sebbene questa dovesse essergli d'impedimento nelle relazioni coi soggetti e coi vicini, laddove nessun danno sarebbe provenuto a quelle dalla conservazione dei nomi propri? Del restante, fra le molte centinaia dì nomi propri identici, una dozzina di peculiari anche gli Etruschi, al pari dei Romani, dei Prenestini, dei Falisci, e di tutte le maggiori e minori genti italiche, pur ci mostrano; ma tali sono, che indarno si cercherebbero parole più schiettamente italiche: così Aranth, Arunth, Arnth, forse «l'aratore»; così Larnth, Larth, «l'arricchitore», se va col lat. Laverna, la[vi]tro, lautus, lucrum; così Thanchvil, «la sagace», se va con l'osc. tang-ino «consiglio», e col lat. tongere e ted. denken «pensare»: secondo apparisce probabile, anche perchè la semidea così appellata, come parecchie volgari donne della Toscana antica, si tocca in molti rispetti colla «sapiente» Menerva, il cui nome mal si affaticano oggi gli oppositori nostri a separare dal lat. mens per gr. menos.

Un secondo ed analogo argomento in pro dell'originaria italianità dell'etrusco, ci viene d'altronde appunto dai nomi degli dêi etruschi; de' quali, mentre nessuno s'incontra, o per la forma, o per la base, estraneo alla grammatica o al lessico latino, umbro, osto, parecchi fin d'ora trovano soltanto per via di questo e di quella facile spiegazione: così, per esempio, Tina, il Giove etrusco, nel latino dinus per divinus; così Us-il, «Sole», nel latino urere, us-tu-s; e così altri. Non si nega però che un qualche nome o dio etrusco possa, meglio studiato, risultare straniero, malgrado l'apparenza italica, o piuttosto risultare confuso con alcun simile nome o dio straniero: ciò accadde sempre e dovunque, senza che importi per le origini del popolo o della sua lingua.

Terzo argomento, simile anch'esso ai due precedenti: dei nomi locali dell'Etruria, o sia di monti e fiumi, o di popoli e città, nessuno presenta aspetto diverso o difficoltà etimologiche maggiori che quelli del Lazio, dell'Umbria, della Campania; nessuno appare come, per esempio, Ateste o Patavium o Bergomum, e tant'altre voci geografiche dell'Italia superiore, manifestamente forastiere, benchè pur sempre ariane.

Passo ora a ragioni di altra qualità. In Roma la signoria degli Etruschi durò per consenso de' critici più recenti, almeno un secolo; e bene anticamente coloni romani occuparono terre e quartieri di celebri città etrusche, e soldati etruschi militarono sotto bandiera romana: ora, di tanti usi e costumi romani essendo stata, conforme alle tradizioni, etrusca l'origine, se l'etrusco non fu di per sè lingua affinissima alla latina, le parole spettanti a quegli usi e costumi dovrebbero essere insieme etrusche ed esotiche; dovrebbero per lo meno risultare già di prima faccia tanto diverse dalle latine, quanto le greche del Lazio e le germaniche del vocabolario italiano; laddovve, non solamente siffatte parole sono prette italiche (per esempio: bulla, lictores, fissum, ecc.), ma tali si riconoscono altresì le poche a noi tramandate come vere etrusche (per esempio: lanista, tebenna, thensa, ecc.). Il che tanto sta e vale, che gli avversari tentano ridurre di molto gl'insegnamenti religiosi e civili venuti ai Romani dall'Etruria: ma non s'avvedono essi, così facendo che nei tempi, ne' quali le tradizioni intorno all'origine delle consuetudini statuali e sacre di Roma si fermarono colla scrittura, dall'un canto era moda rannodare tutto alla Grecia, d'altro canto l'Etruria era caduta si basso, che dell'etrusca provenienza doveasi in Roma sentire vergogna e non gloria: sicchè più torna probabile, siasi in qualche istituto latino taciuta l'etrusca origine, anzichè, senza necessità ed evidenza, affermata .

Ma vediamo le obiezioni, che contro a noi si accampano, o per dir più esatto, si accamparono, giacchè oggi sogliono gli oppositori richiamarvisi puramente, senza punto o poco risaggiarle alla luce de' nuovi fatti e delle repliche nostre. Già notammo come a torto s'imputino all'etrusco dei genitivi in -al, e si tolgano le parole così uscenti all'analogia delle simili latine e delle italiane in -ale, di cui potrebbesi alla stessa stregua pretendere che siano genitivi. Cade così una prima e capitale obiezione; e cade insieme la seconda, in tutto analoga, che siansi, cioè, dati nella grammatica etrusca dei genitivi o dativi in -sa e -si, altrove parimente inauditi, salvochè, come da ultimo ci s'insegna, nella Mingrelia e fra Georgiani e i Lazi del Caucaso. In effetto, chi, senza pure un principio di necessità od utilità, argomenta essere genitivi, per esempio, l'etr. Titesa o Titesi, perchè dicono: «di Tizio», potrà a sua posta argomentare che sia genitivo l'italiano Francese, perchè dice: «di Francia» e il lat. fratrissa, Aenesi, perchè dicono: «del fratello» e «di Enea»; dovechè in realtà questo dissero esse due voci latine, perchè in sè medesime letteralmente significarono: «fratresia» ed «Enesii», cioè «quella del fratello», ossia «la moglie sua,» e «quelli di Enea,» ossiano «i suoi compagni»; e similmente «Titesia» e «Titesio», e però «di Tito», intitolarono i Toscani antichi la moglie e lo schiavo o liberto presente o passato di Tite o Tizio. In modo analogo sfumano altre somiglianti obiezioni fondate sopra certe non meno immaginarie particolarità dell'idioma etrusco; mentre poi quelle che veramente gli spettano, punto non intaccano l'arianità e italianità sua, come questa, o meno ancora la prima, non vanno intaccate pel latino, per l'umbro, per l'osco, dalle particolarità, nè poche, nè piccole, delle loro grammatiche rispettive.

Non importa meglio la ricantata difficoltà delle parole etrusche di parentela. Perocchè di quelle che si toccano a un di presso colle latine (per es., nefts, «nipote», prumfte, «pronipote») si afferma, senza una ragione al mondo, che gli Etruschi abbianle imparate da' vicini, per simpatia dei quali esse avrebbero gettato in mare le loro proprie; e ci si appiglia a clan, «figlio», sec, «figlia», puia «moglie», per proclamare che gli Etruschi designarono i legami più stretti della famiglia con vocaboli differenti da tutto l'orbe antico e moderno. Or lasciamo la stranezza, che appunto pei vincoli famigliari più importanti e comuni abbiano quelli conservato i nomi nazionali da nessuno compresi, se parlarono lingua straniera affatto, e abbiano per contro accettato i nomi usati nella nuova patria pei vincoli di minor conto: ma la verità è, che quelle inesplicate appellazioni non significarono punto, in sè medesime, ciò che pretendesi. In effetto, la grande maggioranza dei testi etruschi, adopera il semplice genitivo del nome proprio paterno, materno o maritale, oppure gli aggettivi già più volte ricordati in -al e -sa, tratti da quel nome, per indicare senza più la figliazione o il matrimonio. E però, primieramente, nei pochi esempi dove insieme occorrono le parole predette, vuolsi sospettare si accenni a certe speciali qualità di figli e di mogli, connesse colle forme diverse del matrimonio paleoitalico, e colle conseguenti diversità della condizione giuridica. In secondo luogo, si dissero, per es., liberi fra' Latini i figli per contrapposto ai dipendenti servili del padre di famiglia: come adunque mal si cercherebbe quella voce fra' veri nomi di parentela dei popoli ariani o anariani, così vanamente, secondo probabilità, vi si cercano le voci etrusche anzidette, le quali solo per via indiretta poterono acquistare il significato a noi tanto quanto noto. Di una può anzi già quasi asserirsi: ed è pu-ia, o pu-l-ia, che va assai bene col lat. puella, puer, anche perchè se n'ha eziandio il mascolino in pui-ac o pu-l-i-ac, malamente interpretato col lat. «uxor-que»; quindi puia, «la fanciulla (moglie)», o «la vergine (moglie)», o «la (moglie già) schiava», come per es., l'it. moglie dice «la femmina (moglie)», e il lat. focaria per «moglie» dei soldati imperiali, dice «quella del focolare (domestico)».

Una molto maggiore difficoltà proviene dai numerali; ma sta che, anche a tale riguardo, il poco finora risaputo e chiarito, si riconobbe e chiarì coll'aiuto del latino e delle lingue affini, sebbene tutte le più lontane ed oscure del mondo antico e moderno siansi frugate e rifrugate allo scopo di evitare l'ingrato soccorso dei vicini italici. Così m-ach, «uno», che ricorda il Maccus, ossia la maschera dello scempio (cioè lat. sim-plex per «uno», che sta con sem-el, «una volta») nelle commedie Atellane degli Etrusco-Campani, va col gr. m-ià per «una»; così thu, «due», ci «cinque», sa, «sei», semph-s, «del settimo», tesàm-sa, «dieci sei» per «sedici» come umb. desen-duf, «dieci due» per «dodici», chimthm per lat. centum e lituano szimt-, ecc. E tale risultato, comechè modesto rimpetto ai molti enimmi ancora inesplicati, parve, già si disse, agli oppositori sì grave, che s'industriarono a scemarlo, contestando, fra l'altro, con certi loro curiosi arzigogolamenti, che nè ci dica «cinque» e sa «sei», nè thu «due»: ma ecco leggersi thun-sunu sotto la pittura di un «suonatore» di «doppia» tibia, e thu-luter sotto «due» figure, e thu-surti tre volte in epitafi ricordanti il nome di «due» defunti, marito e moglie, scolpiti entrambi insieme sul coperchio di due fra' funebri monumenti così iscritti; ecco infine intitolarsi Tu-chul-cha una Furia infernale, dal cui cranio schizzano fuori «due» serpenti, e tu-chla e thu-chele-m incontrarsi sulle fasce della Mummia per «doppio», e apparire come un lat. «dungula, dungulam», derivato di duo, duones e foggiato a mo' dei latini sin-gulu-s per «uno» e nin-galu-s per «nessuno». Sta adunque, anche se nol confermassero le riprove sopra allegate, che thu significa «due», e nient'altro che «due»; e sta insieme, in causa della posizione rispetto a thu occupata da ci e sa sui famosi dadi etruschi di Toscanella, che pur questi numerali debbono rispondere a «cinque» e «sei», come sin da principio fra noi erasi opinato.

Ultimo riserbai il cavallo di battaglia degli avversari nostri: il giudizio cioè di Dionigi d'Alicarnasso, che l'etrusco fu lingua diversa da ogni altra, e quello di Cicerone che gli Etruschi furono barbari; cui s'aggiunge il racconto di Gellio, che «un celebre avvocato» avendo in certo suo discorso messa una frase latina fuori d'uso, i presenti non la compresero, e si guardarono in faccia l'un l'altro, e uscirono in una grande risata «quasi avesse egli parlato etrusco o gallico». Ma, con riverenza de' molti che tuttodì ripetono codeste notiziette, senza guardarvi dentro più che tanto, nè Dionisio, nè Cicerone, nè Gellio dissero mai ciò che oggi loro si fa dire, e, meno ancora, dicendo quel che dissero veramente, intesero ciò che oggi s'intende, a lume di probabilità attuale, e proprio a rovescio della probabilità istorica. E in effetto, non la sola lingua dei Tirreni racconta Dionisio essere stata dissimile da ogni altra, ma sì tutto quanto il loro costume: ora, per quest'ultimo, da tutti s'interpretano le sue parole con discrezione, e nessuno ne deduce che gli Etruschi abbiano mangiato o vestito in modo affatto disforme da tutti gli antichi popoli d'Italia e fuori; il che sarebbe del resto contrario in modo apertissimo, pel vestire, ai monumenti, pel cibo, ai copiosi accenni degli altri fonti. Con qual mai diritto adunque si separa dal costume la lingua, che nel discorso dello storico sta unita, e soltanto rispetto ad essa il suo giudizio si prende alla lettera? E con qual diritto si omette di lumeggiarlo coi simili degli antichi autori intorno ad altri e più noti popoli? Ognuno sa infatti, come Erodoto narri non avere gli Joni di Efeso o Samo «somigliato punto punto per la lingua» agli Joni di Mileto o Chio, ed «essersi solamente compresi fra loro»; eppure, non che greco, parlavano tutti lo stesso dialetto in «quattro maniere» diverse. Similmente afferma Tucidide essere nel bel mezzo di Grecia stata «ignotissima» la lingua degli Etoli Euritani, mangiatori di carne cruda, e però, al par degli Etruschi, diversi da tutti, oltrechè per l'idioma, per la «dieta». Infine Platone dice «educati a favellare barbaramente» que' di Lesbo, compaesano di Saffo e di Alceo, non per altro, cred'io, se non perchè repugnavano, come i Latini, ad accentare sull'ultima sillaba e pronunciavano alla latina p. es. Pittacos, anzichè alla greca Pittacòs, secondochè noi medesimi sappiamo dal famoso canto delle mugnaie. Quando pure adunque Dionisio avesse scritto, che l'etrusco differì dalla parlata di tutt'i popoli vicini, significherebbe assai poco, nè punto ne conseguirebbe la sua intrinseca diversità dalle favelle di questi: ma si guardò egli bene dallo asserire pur tanto, e solo notò che fu lingua «diversa da quella di ogni altra gente»; sentenza nella sua generalità così vaga, da indicare appena una esteriore impressione di lui e del suo fonte. S'aggiunge poi, che così egli, greco, sentenziava di un idioma italico omai moribondo e parlato in Roma, dov'egli fu ventidue anni, da gente minuta e spregiata; un idioma, di cui vide forse qualche scrittura, in direzione, come usò, retrograda, senz'interpunzioni, e quasi priva di vocali!

Vengo al celebre «Tusci ac barbari» di Cicerone: chi lo dice, è Tiberio Gracco, padre del tribuno, adirato a proposito di certe elezioni infirmate per decisione degli aruspici etruschi: sicchè egli e Cicerone stesso si chiedono, con quale autorità pretendessero costoro di metter bocca nella religione delle cose di Stato e farle e disfarle a piacimento. E tanto poco accenna Marco Tullio con quel suo «barbari» a diversità profonda nelle parlate de' due popoli, che nel secondo delle Leggi prescrive «doversi in ogni caso di prodigi o portenti interrogare gli aruspici etruschi, se così fosse parso al Senato».

Infine, quanto a Gellio, se ai ben temprati orecchi romani chi parlasse etrusco non tornava più ridicolo di chi gallico, ne discende per lo meno che non più di questo differiva quello su per giù dalla lingua del Lazio. Ora, o per «gallico» s'intende il celtico vero e proprio, e l'etrusco si trova pareggiato a favella non pure ariana, ma in qualche riguardo, specie allora, più prossima al latino, all'umbro, all'osco, dello stesso greco; o per «gallico» s'intende, com' io sospetto, il latino della Gallia Cisalpina, e la differenza si ridurrà più o meno a quella medesima che oggi intercede fra l'italiano di un culto o inculto lombardo e quello di un romano ignorante o istruito. In ogni modo, e il gallico, e l'etrusco facevano «ridere»: ora, l'umbro Plauto «ride» nelle sue commedie, come dell'etrusco, così del dialetto prenestino, a dieci passi da Roma; e per verità ben ridiamo noi stessi di chi parli con peculiare accento e dizioni insolite la lingua nostra, ma non già di chi ne parli una diversa affatto; e se nessuno pure oggidì presume, per ignorante che sia, comprendere senza studio favelle forestiere, noi tutti ci meravigliamo di non comprendere le varietà dialettali della lingua nostra, e ridiamo, poco lodevolmente, degli stranieri che sspropositino parlando questa, non però se parlino la loro propria, per differente che sia dalla nostra. Un secolo prima che Dante dimostrasse bestiali o peggio i dialetti della Penisola, Roggero Bacone scrisse che «l'idioma de' Picardi faceva drizzare i capelli ai Borgognoni, e più agli altri Francesi più vicini». Il Passavanti, contemporaneo di Dante, deplorati, nello Specchio, i volgarizzamenti della Scrittura, qual che sia la lingua, perchè «ne avviliscono le alte sentenze ed isquisiti e propri latini, con begli colori di leggiadro stile adorna», rimprovera agli stranieri sol questo, che «qual col parlare mozzo la tronca, come i Franceschi e Provenzali, quali collo scuro linguaggio l'offusca, come i Tedeschi, Ungari ed Inghilesi»; ma, rincarando assai la dose per gl'Italiani suoi, trova: che «quali col volgare bazzesco e crojo la incrudiscono, come sono i Lombardi; quali con vocaboli ambigui e dubbiosi la dividono, come i Napoletani e Regnicoli; alquanti altri con favella maremmana, rusticana, alpigiana l'arrozziscono; e alquanti, meno male che gli altri, come sono i Toscani, malmenandola la insudiciano e abbruniscono»; e conclude con rinfacciare a' Fiorentini, perchè «col loro parlare fiorentinesco intendendola e facendola rincrescevole, la intorbidano e rimescolano con occi e poscia, aguate e vievviata» e persino con certi loro: cavrete delle bonti, se non mi ramognate. Che poi nè le cose, nè i criteri, siano pure oggi guari mutati fra noi o fuori, lo prova, a tacer d'altro, l'asserzione del Crawford, buon conoscitore della lingua e della società di Roma odierna, nel Don Orsino (I, 107) del 1892, che cioè il dialetto piemontese, causa l'accento, non si comprende, se non da chi nacque in Piemonte: «the unmistakable accent of the Piedmontese, whose own language is comprehensible only to themselves»; e lo riprova l'osservazione della Bibliothèque Universelle del novembre 1894 (pagg. 441-42), che poi Ginevrini «le caractère et le parler vaudois restent un inépuisable sujet de divertissement et de plaisanteries».

VI

Non ci bisogna per contro oggigiorno rispondere, più che di passata, a due obiezioni, un tempo reputate assai gravi: cioè dire, la leggenda erodotea intorno alla provenienza lidia degli Etruschi, e certe esteriori concordanze del costume e dell'arte etrusca cogli usi e coll'arte di questo o quel popolo orientale. In effetto, per ciò che spetta alle concordanze nell'arte, ne' costumi, nei riti funebri, esse riguardano cose troppo mutevoli, perchè oggimai più alcuno storico o filologo ne faccia dipendere la decisione di capitali quesiti etnografici: accadde invero spesso riguardo a quelle, che le forme più diverse concorrano nello stesso popolo, nella stessa città e persino nella stessa famiglia; sicchè, ora le genti più prossime e affini in tale rispetto differirono, e per contro somigliarono le più lontane ed estranee; ora la somiglianza formale nascose una sostanziale disparità.

Quant'è poi al racconto di Erodoto, importa esso ancor meno al problema di cui si tratta: perocchè nessuno storico o filologo di qualche conto, salve ben rare eccezioni, da settant'anni a questa parte se ne diede carico, se non per tentare di spiegarne minutamente la formazione, e seguirne passo passo le vicende. Che cento antichi abbianlo ripetuto in tempi e luoghi nè diversi, nè lontani, vale soltanto per uno e non per cento; nè vale pur per uno la retorica affermazione di Seneca: «Tuscos Asia sibi vindicat», come quella che soltanto riassume il caso avvenuto imperando Tiberio; allorchè vale a dire, quei di Sardi, nella Lidia, per meritare fra dieci concorrenti città l'onore d'innalzare al principe un tempio, presentarono, narra Tacito, un decreto che affermavali «consanguinei degli Etruschi». Ora, codesto decreto non contiene pure ombra di tradizione indigena, ma è semplicemente un semi-dotto compendio della tradizione erodotea, ignota, ognun sa, a Xanto, storico «diligentissimo» della Lidia, e rifiutata da Dionisio, compaesano di Erodoto: ignota pertanto a tale, e da tale rifiutata, nei quali dovrebbero, pare, presumere sufficiente contezza delle tradizioni lidie almeno coloro, che delle antiche tradizioni mostransi cotanto teneri, da citare a catafascio tutti quelli che le ricantarono; quasi che l'essere vecchi e ignoranti sia titolo giusto di autorità.

Che nei tempi imperiali, quando e Roma, e la Casa regnante, e ogni città e borgata d'Italia, si gloriarono di rannodare le origini loro alla Grecia, all'Asia e alle peregrinazioni dei profughi Troiani, la narrazione di Erodoto abbia trovato credenza anche nella vanitosa e decaduta Etruria, torna tanto naturale, che appunto il contrario recherebbe non piccola meraviglia: per contro, riesce assai notevole che nè punto, nè poco, alla Lidia, e ben poco all'Asia stessa ed a Troia, accennarono, per quel che sappiamo, in tanto subisso di troianerie, le indigene tradizioni etrusche.

Nè tuttavolta osiamo noi asserire che il racconto erodoteo della provenienza lidia degli Etruschi sia dimostrato ornai del tutto erroneo; nè - secondo usa oggi una scuola istorica benemeritissima, salvo forse in ciò che facilmente dalla critica trascorre all'ipercritica, e scambia spesso, direi, il sospetto di falso col falso provato - affermeremo che riducasi quello in ogni sua parte, o nelle più, al portato di una tarda e riflessa elaborazione letteraria, sicchè future scoperte non possano mostrarci in esso, ossia nei molteplici suoi elementi, ben più di vero che di presente ci sia dato vedervi. Come veri Etruschi si trovarono, contro ogni aspettazione, a Lenno; come già si sospettano fondatamente in più d'un territorio ariano; così potranno essi per avventura trovarsi anche nella Lidia, e potrà pure qualche gruppetto tirreno di Sardiani anche dare la mano a qualche simile o maggiore gruppetto abitatore della Sardegna. Ma nessuna scoperta, crediamo, potrà rialzare l'altarino delle origini lidie, almeno in quanto spetti alla lingua degli Etruschi d'Italia nei tempi storici: esso andrà, pensiamo, ad accrescere felicemente la sacra famiglia de' somiglianti oggetti immaginari atterrati dal piccone geniale dei maestri demolitori, e finora da nessuna scoperta, o geroglifica, o cuneiforme, o qual che si voglia, rilevati, checchè da taluno pretendasi, ad illusione di sè o d'altrui; ce ne assicurano le cose esposte nelle pagine che precedono e seguono.

Le quali, se provano, parmi, come sia ben fondata l'opinione dell'originaria italianità dell'etrusco, non bastano tuttavolta a farne un teorema dimostrato, o, meno ancora, un assioma istorico. Tale non potrà dirsi quella dottrina, sinchè, per quanto riguarda alla sostanza, la matassa arruffatissima dei numerali non siasi alquanto meglio dipanata, e sinchè non siansi chiarite le cause molteplici, per cagione delle quali la parola etrusca ora parve suonare, ora veramente suonò così disforme dalla latina, dall'umbra, dall'osca, che per tanta serie di secoli non si reputò italica affatto, nè tale oggi ancora da tanti si reputa. Di siffatte cause parecchie però già si vedono o s'intravvedono: così la scrittura spesso priva d'interpunzione; così la frequente omissione totale o parziale delle vocali, secondo certe regole, che a poco a poco si vengono discoprendo; così la probabile abborrenza dallo scrivere, specie sulla pietra, delle famiglie più antiche e nobili, e però altresì degli arricchiti loro imitatori. Di qui l'origine plebea de' più fra' testi etruschi a noi pervenuti, e la inclinazione ad abbreviare e racchiudere in minimo spazio, eziandio con artifizi stenografici, ciò che pure alla per fine giovasse scrivere, sicchè insieme fosse come scritto e non scritto alla maniera degli Arvali di Roma, che mentre incidevano sul marmo ad onore de' loro dèi la memoria delle cerimonie per essi celebrate, espiavano ciascuna volta con rito peculiare il peccato dello scrivere, e l'offesa fatta alla santità della pietra col ferro portato dentro e fuori del sacro bosco.

S'aggiunge l'inevitabile varietà dei dialetti nel vasto territorio delle tre Etrurie, e la conseguente infiltrazione dei numerosi doppioni, specie sacrali, sia per effetto d'immigrazione e d'incrociamenti famigliari, sia per la prevalenza politica or dell' uno, or dell'altro capoluogo, sia per la superstiziosa adozione da parte o delle famiglie, o dei Comuni, di questo o quel culto altrui, insieme collo strascico delle precise formole e parole locali di esso proprie.

Infine, senz'escludere per l'etrusco le possibili future traccie dell'incontro di stirpe diverse, sopratutto forse l'arcaismo conferì a sfigurarlo; e vuol dire insieme notevole abbondanza di corrosioni volgari e rusticane, quali, abbiamo nella parola romanza letteraria e vernacola: già infatti Dionisio conclude la sua descrizione dell'uso etrusco, dicendo che fu «in tutto arcaico»; e fu antiquata la frase dell'avvocato romano, onde risero grassamente, «quasi si trattasse d'etrusco», gli uditori di Gellio; e già d'altronde Cicerone avvertì, come gli arcaismi di Plauto uscissero di bocca alle nonne di casa e ai campagnuoli.

Non basterà tuttavia la buona e chiara sostanza perchè si radichi la persuasione della italianità: richiederassi ancora la bontà e chiarezza della forma, che in siffatte indagini diviene alla sua volta parte efficacissima della sostanza, e non si può conseguire, se non dopo lunghe e ripetute prove di maturata elaborazione. Solo allora infatti chiara e buona sarà divenuta quella, quando vadano per le anime di tutti gli studiosi insieme col primo abbozzo della grammatica e del dizionario, riunite in un solo volume la traduzione e il commento delle maggiori e minori epigrafe etrusche contenenti parole comuni, e la classificazione sistematica de' tanto numerosi testi meramente onomastici, secondo il vario tipo delle nomenclature.

Già però anche in questa parte mostrammo omai di trovarci, per nostra ventura, a buon porto: perchè omai qua e là sparpagliatamente, in una farraggine di libri e libretti, di opuscolini e libracci, tutti quasi quei documenti sonosi dei nostri saggiati, e quant'al senso letterale, e quant'al concetto, e quanto alla grammatica; e di taluno più cospicuo, o per intero, o in parte, la versione continua e la minuta dichiarazione stanno da tempo in mano anche agli oppositori, nè mai alcuno sorse finora a combatterla, più che indirettamente con pregiudizi vaghi e campati in aria. La loro profezia, che nessuna più lunga ed intricata epigrafe etrusca sarebbe omai stata salva dalle nostre profanazioni, già si avverò e la promessa del primo editore dell'epitafio di Laris Pulena, ch'egli crederebbe svelato l'arcano dell'etrusco idioma, quando quello si fosse potuto interpretare, può essergli oggidì, sino ad un certo punto, ricordata. Dico però: sino ad un certo punto; e intendo all'incirca il punto, cui lodatamente si pervenne, dopo lunghe e ripetute cure d'ingegni elettissimi, per le parti più oscure delle tavole umbre di Gubbio e de' monumenti oschi, e dei più antichi latini.

E come nella intelligenza di questi con molta lentezza giorno per giorno sicuramente si progredisce, così si progredì e ognor più si progredisce nello stenebrare i testi etruschi; e più sempre si progredirà, sopratutto se nuove forze a noi si aggiungano, e se, mentre felicemente procede la nuova raccolta critica delle iscrizioni etrusche, testè sotto lieti auspici iniziata dal Pauli, si cesserà di predicare ai giovani per allontanarli dalle eretiche nostre carte che il fondamento nostro, ossia la somiglianza di molte parole e forme etrusche e latine, sia mera parvenza.

VII

Giungo così all'ultima parte del presente discorso e alla sommaria dimostrazione, per via di esempi, essere oggimai sì numerose e cosiffatte le sicure o probabili congruenze etrusco-italiche, da doversi presumere che siano molte più, e da potersi, a ragione di quelle, interpretare, ora con certezza, ora con molta verosimiglianza, quanto basta de' documenti a noi pervenuti, per giudicare fondatamente dell'intero contesto quasi sempre. E in primo luogo osservo, che se tale fu il popolo etrusco, da essersi egli appropriate, come gli oppositori pretendono, e per un istante concederemo, molte centinaia di nomi propri italici, torna assurdo credere che siasi accontentato di questi soli, e non abbia toccato con uguale libertà alla parte comune delle parlate vicine. Osservo poi, che, come nei nomi propri di cui tutti ammettono la comunanza fra gli Etruschi e gli altri Italici, più d'uno, a primo aspetto parrebbe diverso affatto; come, per esempio, l'etr. Sclafra nessuno direbbe a primo aspetto identico, secondochè pur da tutti consentesi, col lat. Laberius: così torna ragionevole credere che non di tutte le parole etrusche comuni si potrà di primo acchito riconoscere a quali latine, umbre od osche rispondano. Osservo infine, che della reale congruenza delle voci etrusche colle latine, cui estrinsecamente rassomigliano, già qui sopra ci porsero saggio: achnaz, «agnatus», ara thuni, «ara gemina» (letter. «duona»), Cemna, «Gemna gemina», ceptaphe lucu, «cepotaphium (et) locus», Mean-pe, «Mania piscatrix», Nethuns, «Nepthunus», sethuma-ti, «in septuma», stavhel equ, «stabilis ego», thi, «di-» o «dis-», thil, «Duilius», thuflo-, «duplus», thu, «duo», thui, «dui-», thuna, «duona», thunsunu (diaulete), letter. «duona (tibia) sonans,», Tina (Giove), «dinus», Usil (sole), «ustus».

Procedendo ora a qualche nuovo esempio, fra' molti manifestissimi, ricorderò anzitutto vinum, che occorre in quattordici luoghi della Mummia, oltrechè una volta scritto vinm. Appena pubblicato il preziosissimo documento, scrisse a ragione il Bréal «Conclûre d'un mot vinum au latin vinum, nous parait une assertion prématurée». Ma nessuna immaturità od incertezza rimanevano, indi a poco, dopochè ci accadde notare fra l'altro: 1.° che due linee delle fasce insieme con vinum recano una voce per «bicchiere» (prucuna e pruchs, gr. prochun), già nota da' testi etruschi (pruchum); 2.° che pur due linee danno insieme con vinum voci probabilmente connesse col «bere» (pevach e paiveism, lat. bibax, bibesium); 3.° che una linea mostra in compagnia di vinum due voci di relazione già nota e certa colla morte e coi defunti (nacum e hinthu), il che ben conviene al vinum inferium dei Latini; 4.° che quattro linee in un con vinum adoperano parole spettanti a riti sacri (aisna, eisna, flere) e nomi di deità (Nethunsl, Une, Mlach, Usil), il che ben conviene coll'uso del vino nei riti sacri del funerale italo-greco; 5.° che in due linee insieme con vinum occorre mula, vocabolo prossimo ai latini per «miele» e per «vino melato» (mel e mulsum), mentre poi mul-ven-, congiunti in una unica parola, più volte si lessero nelle iscrizioni di tazze libatorie; sicchè anzi una fra queste «ha uno spartimento nel mezzo, come per contenere due liquidi diversi» (Gamurrini), quali appunto il miele e il vino. Significò pertanto indubbiamente l'etr. vinum in generale la stessa cosa che il lat. vinum: solo però, notammo subito, in generale; perchè se gli Etruschi avessero così nel comune discorso designato il loro proprio vino usuale, non s'avrebbe quattordici volte vinum per una vinm, e la voce latina avrebbe in alcun modo assunto aspetto etrusco. Verisimilmente si tratta di una particolare qualità di vino, propria de' riti funerari e portata dal Lazio, o senza più dall'Italia, per servire a quelli del paese donde ci venne la Mummia: d'altronde, come si vede meglio tantosto, il loro vino appellavano gli Etruschi vena.

Fra gli dêi nominati in compagnia di vinum, incontravamo testè Mlach: siami ora lecito ricordare, come il 25 febbraio 1892 in seno all'Istituto Lombardo si dimostrasse che così, e non mlach, doveasi leggere quella voce sul piombo di Magliano, perchè nome di deità, non diversa, conghietturavasi insieme, dalla marina Malacia dei Latini. Sette giorni appresso, per cortesia del fortunato, quanto dotto e liberale scopritore delle Fasce, perveniva di queste in Italia il primo saggio; e fu la colonna ottava del meraviglioso cimelio, trascritta di sua mano e riprovata dall'annessa fotografia ora, nelle linee 11-12 e γ 3 di quella, come in cinque altri luoghi delle rimanenti colonne, appunto Mlach occorre terzo dopo Une e Nethunsl; vale a dire, non solamente in compagnia costante di due noti nomi di deità, ma sì ancora nella immediata società di Nettuno, il dio marino per eccellenza dell'Italia antica. Potevasi egli desiderare più manifesta conferma, che l'estrinseca somiglianza fra l'etr. mlach e il lat. Malacia non riducevasi in tal caso a mera parvenza? — Nelle stesse fasce incontriamo la voce arth, che tutti ammetteranno somigliare esteriormente, fra l'altro, al lat. ardens, specie qualora ricordino che nelle iscrizioni latine dell'Etruria s'ha, per esempio, Dana e Lardia per etr. Thana e Larthia. Ora ad arth precede fir-in, e fir ci richiama all'umb. pir e al gr. pyr, «fuoco»; tanto più, che già il cippo di Perugia dà aras peras per l'aasai perasiai dell'osca tavola di Agnone, ossia in bocca latina: «arae perariae» per significare: «arae ignariae». Come pertanto dubiteremo che l'unione di fir, «fuoco» con arth, «ardente» renda per lo meno assai probabile il ragguaglio latino per questo, umbro per quello, che l'estrinseca somiglianza suggerisce? Ma s'aggiunge che a fir-in aart!, «nel fuoco ardente» (con in per lat. in, posposto alla umbra e alla osca), e due volte a fir-in da solo, precede la voce suci, identica, almeno in apparenza, al lat. suci o succi: ora il fuoco sacrificale spegnevasi appunto non di rado col «succo della vite»; se pertanto, conforme all'esteriore sembianza, manderemo anche l'etr. suci col lat. suci, avremo insieme uniti tre vocaboli fra loro, pel concetto, convenientissimi. — Ancora nelle Fasce, nove volte occorre la parola cisum, sempre seguita immediatamente dalla parola pute: or che questo assai s'accosti nell'apparenza a lat. potus e potare per «pozione» e «bere» nessuno contesterà; che però neppur qui si tratti solo dell'apparenza, risulta da ciò che il suo perpetuo compagno cisum s'ha quasi tal quale nel latino «circumcisilium», usato per designare una maniera di «mosto»; quindi, ragguagliate le voci etrusche pute e cisum alle simili latine, si trova accanto al «bere» la «bevanda». V'ha di più: non soltanto presso cisum, «mosto», una volta leggiamo tam[m]era, ossia verisimilmente lat. temperavit, «meschiò», ma ben quattro volte presso tamera leggiamo vena-s, vocabolo esteriormente assai prossimo a «vino»; che poi siane esso prossimo anche in realtà, risulta dallo aversi una volta lur, subito prima di vena-s, una volta luri subito dopo; orbene, lora dissero i Latini per «vinello». Avremo adunque:

cisum pute	lat.	«[circum]cisitium potavit»;
tam[m]era cisum	»	«temperavit [circum]cisitium»;
tam[m]era vena-	»	«temperavit vinum»;
lur[a] o luri vena-s	»	«lora»o «in lora vini».

Nessuno pertanto saprà, io penso, negare quind'innanzi facilmente a codesti raffronti «quella forza convincente che è il gran carattere della verità, e suole consistere in ciò, che ne venga nell'autore e in altri una persuasione pronta, e via via maggiore, perchè le riprove scaturiscano da sè e oltrepassino il problema da cui si muove». Per contro nessun perito contesterà che sia brutto sogno di un Omero sonnecchiante l'interpretamento testè proposto per le parole etrusche: kalike apu mi-ni kara (Narce), le quali direbbero giusta quello: «calice (posto) presso (lat. apud) il capo (gr. kara) di Minnio». Benchè infatti possa forse a prima giunta parere codesta una versione tirata sulla medesima falsariga delle precedenti, ne è dessa soltanto un'involontaria parodia, come quella che neglige affatto le numerose epigrafi etrusche, onde impariamo a scorgere in apu un titolo verisimilmente servile, in mi in ni due particole pronominali (non Mini), e in kara una voce funeraria connessa col dio infero Caru e coi riti famigliari della cara cognatio presso i Latini. Invero, ad ogni confronto, deve precedere, e più di qualsivoglia somiglianza valere, lo studio della parola etrusca in sè stessa, quale si ricavi dalla diligente comparazione di tutti i testi paralleli.

Passo ad un esempio, dove la estrinseca congruenza non salta agli occhi, ma proviene da minute considerazioni, altrove esposte e documentate. Ci dà la Mummia la frase: nunthen zusleve zarve, e si prova che nel Lazio sarebbe verisimilmente suonata all'incirca: «nundina turcolivae sacrivae», ovverosia «nel novilunio del torchiato sacro». Ora i Latini dissero veramente tortivum il «mosto torchiato», e sacrima la primizia del vino nuovo offerta a Bacco, e «tre mosti» o «cento mosti» per «tre anni» o «cent'anni»: oltrechè poi ne' Grigioni, paese di molti e notabili ricordi romani, calenda fanadur, ossiano «le calende del fienatore», si appellò il 1° luglio. Ben potè adunque addimandarsi in Etruria: «novilunio del torchiato sacro», quello del mese in cui tale sacra bevanda si preparava. — Ancora nella Mummia sette volte sta scritto: ethrse Tinsi tiurim, e con varii e minuti ragionamenti e confronti si rende probabile che tale formola significhi alla lettera: «reiterò (lat. iteravit, da etr. etera che va col lat. iterum) la Giovia luna», e indichi il secondo annuncio di questa, cioè rito analogo alla «chiamata della Juno covella» o «celeste» in Roma ad ogni novilunio, ossia precisamente simile rito pel novilunio del mese di Giove o «gioviale» e vendemmiatore, che sarà stato circa settembre od ottobre, intorno all'epoca delle feste Vinali d'autunno. Si conferma ora siffatta interpretazione con osservare, che in due fra' sette luoghi, precedono le parole: Esèra nuèra arse, o, come alla lettera in latino volgare sarebbesi detto a un dipresso: «Aesaria novaria orsit», ossia: «Dea (luna) nova orta est»; prefazione supremamente opportuna all'annunzio di un novilunio.

Addurrò da ultimo un esempio, nel quale, quant'è manifesta la identità materiale della parola etrusca colla latina, tant'è di primo aspetto remoto il significato proprio dell'una da quello dell'altra. Negli etruschi epitafi di frequente il «morire di anni tanti» si esprime colla voce lupu, seguita da avil-s, «anni» (letteralmente «aevuli») e da numerali in parola o in cifra. Codesto lupu si cercò quindi in tutte le lingue vicine e lontane, antiche e moderne, fra i vocaboli per «morire» o «morto»; e nulla si trovò, e fu argomento pur questo per negare l'italianità o l'arianità dell'etrusco, e pensare ad origini ormai perdute. Ora, che lupu somigli punto per punto al lat. lupus, torna evidente; sembra tuttavia di prima giunta, che fra' lupi e i poveri morti nessuna fantasia più sfrenata e macabra possa immaginare alcuna relazione. Ebbene, sembra impossibile, eppure fu! Perocchè, dall'un canto, ancora dei tempi suoi racconta Plinio, che lupi s'intitolarono certe famiglie le quali sul monte Soratte prestavano culto peculiare a Dite Sorano, deità eminentemente infera; e sappiamo da Servio che si dicevano anzi lupi Sorani: d'altro canto non sempre lupu da solo ci danno i testi etruschi, ma sì uno ha lupuce surnu appunto, e un altro lupuce surasi, oltrechè poi altri testi ci parlano di un dio Suris; pertanto «lupo» o «lupuccio Sorano» o «Sorasio» potè appellarsi in Etruria il morto, come sacro, per effetto della condizione sua, al dio infero Suris, cioè dire: Dite Sorano; allo stesso modo che, per causa analoga, «lupi» o «lupi sorani» medesimamente si appellarono nel Lazio i suoi cultori vivi, anche sotto l'Impero.

Ma v'ha di più: anche a Roma, come tutti sanno, certi sacre doti si dissero «lupi», e precisamente luperci, come noverca si disse la «nuova» madre o matrigna: e, fra l'altro, si credette guarissero le donne «sterili», percuotendole colle striscie delle pelli sacrificali: ora, mentre taura chiamarono i Latini la vacca «sterile», sacra alle deità infernali, e Taurii certi ludi in onore di queste, anche thauru e thaure sembra siasi dagli Etruschi detto per «morto»; e sta in ogni caso che nella Spagna Tarraconense parecchi epitafi latini si lessero sopra pietre in figura di tori; nè manca pure in Atene e a Jerapoli di Siria il riscontro di sacre fanciulle dette là «orsi» e qua «buoi», riscontro forse più preciso e profondo pei lupi-tori italici che a primo tratto non paia.

Non meno poi delle congruenze lessicali etrusco-italiche, abbondano omai le grammaticali. Così per es. nel cisum pute, qui sopra interpretato: «[circum]cisitium (mustum) potavit», cisum è un accusativo singolare della più bell'acqua latina, governato dal verbo passato pute, che sta al lat. potavit, come il lat. volgare segne, scritto segnai, al lat. signavit, e quasi come l'ant. milan. e bergam. kantè, portè, per l'it. cantò, portò, al lat. cantavit, portavit; le iscrizioni etrusche ci danno del resto anche malave e malvi pel -molavit del lat. «immolavit», mentre poi l'umbro pel lat. faciat ha già facia, ch'è quasi il corrispondente faça o façia dei Veneti — Altro esempio; dissero gli Etruschi ipa Cerùrum il sepolcro, dove il nominativo ipa è l'ibe dai Greci usato nello stesso senso, mentre Cerùrum è tal quale il genitivo plurale latino Cerorum, sinonimo di Manium; e veramente si addimandò il sepolcro anche ipa Maani[m], dove sin l'ortografia ha riscontro nell'antico latino Maanium; e sta altresì scritto in un epitafio, che il defunto giaceva Manim arce, ovverosia «in arca Manium», cioè nel sepolcro sacro agli dei Mani.

Non presumiamo noi tuttavia nè con questi, nè coi cento e cento simili documenti, omai per occasione della Mummia avvertiti, di risolvere senza più il quesito generale dell'italianità dell'etrusco; che anzi, l'opera qualsiasi da noi, senza mai dimenticarlo, prestata in questi anni, vorrebbe in realtà, dietro illustri esempi, intitolarsi dalla grammatica e dal dizionario degli elementi italici contenuti nelle iscrizioni etrusche. Solo rispetto a quegli elementi, di dì in dì più numerosi, giriamo noi pertanto ai compagni di studio ancora increduli, l'invito di Tertulliano a' pagani per la calunnia del sangue, da essi lanciata contro i seguaci della nuova fede, e da questi poi palleggiata sugli Ebrei; che cioè investigassero se voleano credere, o non credessero, se non aveano investigato: «aut eruite qui creditis, aut non credite qui non eruistis». E perchè fra quegl'increduli onorandissimi, più d'uno ci fu e ci è maestro, presentiamo loro, come olivo di pace, la nobile professione del Brugmann, l'eresiarca di una vicina provincia: che, vale a dire, «le intuizioni recenti altro non siano se non uno sviluppamento organico e conseguente degli studi anteriori».